Ruth Rocha

A lebre e a tartaruga

Ruth Rocha

A lebre e a tartaruga

Ilustrações
CACO GALHARDO

1ª edição
São Paulo
2025

© do texto Ruth Rocha Serviços Editoriais S/C Ltda., 2023

1ª Edição, Global Editora, São Paulo 2025

Jefferson L. Alves – diretor editorial
Flávio Samuel – gerente de produção
Mariana Rocha – curadoria da obra de Ruth Rocha
Juliana Campoi – coordenadora editorial
Caco Galhardo – ilustrações
Taís do Lago – projeto gráfico
Equipe Global Editora – produção editorial e gráfica

Dados Internacionais de Catalogação na Publicação (CIP)
(Câmara Brasileira do Livro, SP, Brasil)

Rocha, Ruth
  A lebre e a tartaruga / Ruth Rocha ; ilustrações Caco Galhardo. –
1. ed. – São Paulo : Global Editora, 2025. – (Coleção Recontos
Bonitinhos)

  ISBN 978-65-5612-707-1

  1. Contos - Literatura infantojuvenil I. Galhardo, Caco. II. Título.
III. Série.

25-248696   CDD-028.5

Índices para catálogo sistemático:

1. Contos : Literatura infantil   028.5
2. Contos : Literatura infantojuvenil 028.5

Cibele Maria Dias - Bibliotecária - CRB-8/9427

Obra atualizada conforme o
NOVO ACORDO ORTOGRÁFICO DA LÍNGUA PORTUGUESA

global editora

Global Editora e Distribuidora Ltda.
Rua Pirapitingui, 111 – Liberdade
CEP 01508-020 – São Paulo – SP
Tel.: (11) 3277-7999
e-mail: global@globaleditora.com.br

- grupoeditorialglobal.com.br
- @globaleditora
- blog.grupoeditorialglobal.com.br
- /globaleditora
- /globaleditora
- @globaleditora
- /globaleditora
- @globaleditora

Direitos reservados.
Colabore com a produção científica e cultural.
Proibida a reprodução total ou parcial desta
obra sem a autorização do editor.

Nº de Catálogo: **4635**

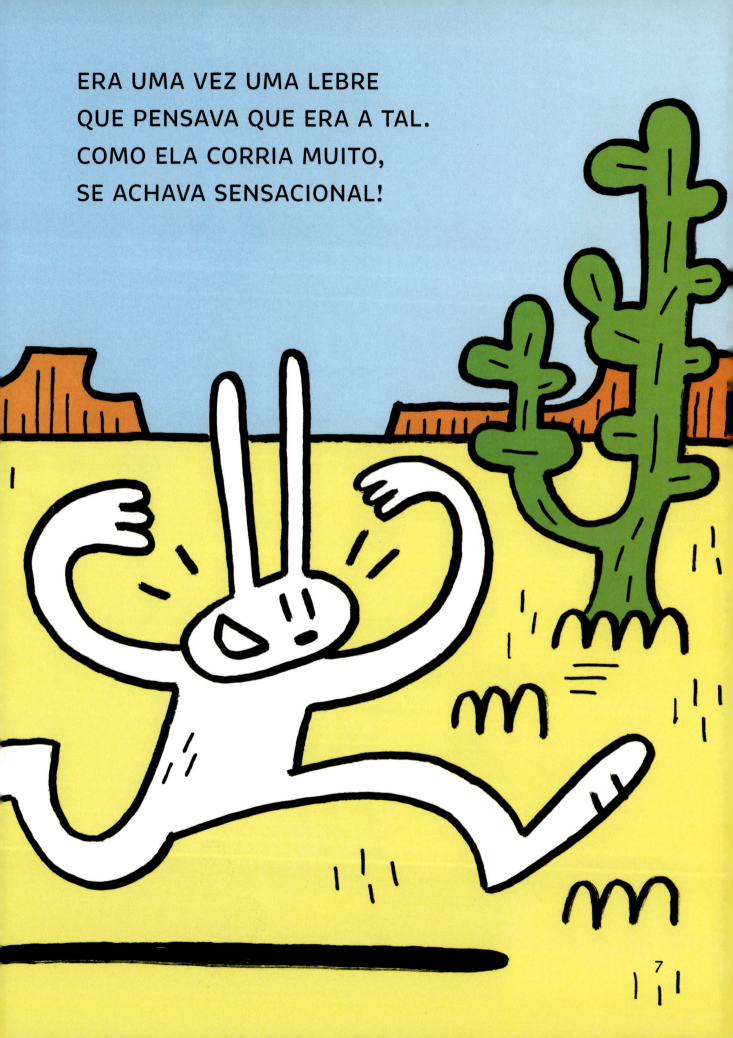

E HAVIA UMA TARTARUGA,
QUE ERA MUITO DIFERENTE.
ANDAVA DEVAGARINHO,
MAS VIVIA BEM CONTENTE!

FICOU FIRME A TARTARUGA.
E NA HORA COMBINADA,
JUNTO À LEBRE, SATISFEITA,
ESTAVA LÁ, PREPARADA.

PARTIRAM! A LEBRE LOGO TOMA A FRENTE, DISPARADA. A TARTARUGA SE ESFORÇA, MAS FICA MUITO ATRASADA!

A LEBRE, AQUELA GABOLA,
ESTAVA MUITO CONTENTE.
VIU QUE ESTAVA MUITO LONGE,
ESTAVA MUITO NA FRENTE.

JÁ TINHA GANHO A CORRIDA.
ERA ISSO QUE ELA ACHAVA.
"POSSO ATÉ DORMIR UM POUCO",
ERA O QUE ELA PENSAVA.

BEM CONTENTE, A TARTARUGA
FOI PASSANDO, FOI PASSANDO...
"DEVAGAR SE VAI AO LONGE",
É O QUE ELA ESTAVA PENSANDO.

COM UM CAMPO DE CENOURAS
A LEBRE ESTAVA SONHANDO.
MAS ENTÃO, DEVAGARINHO,
A LEBRE FOI ACORDANDO.

OLHOU EM TORNO, ASSUSTADA,
PERGUNTOU A UM PASSARINHO:
— A TARTARUGA PASSOU?
— PASSOU, BEM DEVAGARINHO.

A LEBRE SAIU CORRENDO.
— AINDA GANHO ESTA CORRIDA!
MAS QUANDO CHEGOU AO FIM,
FICOU BEM DESILUDIDA.

LÁ ESTAVA A TARTARUGA,
SENTINDO-SE VITORIOSA,
MAS MUITO, MUITO TRANQUILA,
DISSE PRA LEBRE CHOROSA:

— NÃO ADIANTA CHORAR,
NÃO ADIANTA IR À MISSA,
NUMA PRÓXIMA CORRIDA,
VOCÊ GANHA DA PREGUIÇA.

Vânia Toledo

RUTH ROCHA nasceu em 2 de março de 1931, em São Paulo. Ouviu da mãe, dona Esther, as primeiras histórias, e com vovô Ioiô conheceu os contos clássicos que eram adaptados pelo avô baiano ao universo popular brasileiro.

Consagrada autora de literatura infantojuvenil, Ruth Rocha está entre as escritoras para crianças e adolescentes mais amadas e respeitadas do país. Sua estreia na literatura foi com o texto "Romeu e Julieta", publicado na *Recreio* em 1969, e seu primeiro livro, *Palavras, muitas palavras*, é de 1976. Seu estilo direto, gracioso e coloquial, altamente expressivo e muito libertador, mudou para sempre a literatura escrita para crianças no Brasil.

Em mais de 50 anos dedicados à literatura, tem mais de 200 títulos publicados e já foi traduzida para 25 idiomas, além de assinar a tradução de uma centena de títulos infantojuvenis. Recebeu os mais importantes prêmios literários, como da Academia Brasileira de Letras e da Academia Paulista de Letras, da qual foi eleita membro em 2008, da Associação Paulista dos Críticos de Arte, da Fundação Nacional do Livro Infantil e Juvenil, além do Prêmio Moinho Santista, da Fundação Bunge, o Prêmio de Cultura da Fundação Conrad Wessel, a Comenda da Ordem do Mérito Cultural e oito prêmios Jabuti, da Câmara Brasileira do Livro.

Para conhecer mais sobre a autora e sua obra, visite os canais oficiais:
- @ruthrochaoficial
- Ruthrochaescritora

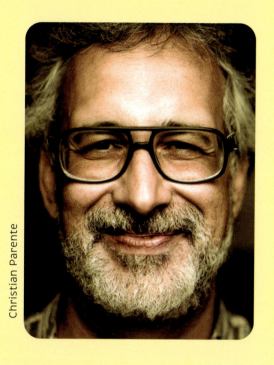
Christian Parente

CACO GALHARDO, cartunista paulistano, desenha tiras para o jornal *Folha de S.Paulo* desde os anos 1990 e tem 15 livros publicados, dentre eles quatro infantis. Também ilustrou outros livros infantis para autores como Índigo, Arthur Nestrovski e Tino Freitas.

Seus desenhos já integraram exposições de quadrinhos no Brasil, América Latina e Europa, alguns de seus personagens já viraram animações no canal Cartoon Network e sua personagem Lili, a ex, foi adaptada para uma premiada série de televisão em 2014 no canal GNT.

Sua adaptação de *Dom Quixote* foi uma das obras finalistas do Prêmio Jabuti 2014, na categoria ilustração.

Conheça as obras de Ruth Rocha publicadas pela Global Editora

Coleção Recontos Bonitinhos
Chapeuzinho Vermelho
Cachinhos Dourados
A roupa nova do rei
A lebre e a tartaruga
A Pequena Polegar

Coleção Foi sem Querer!
Levada, eu?
Sobrou pra mim!

Coleção Comecinho
Meu irmãozinho me atrapalha
Quando Miguel entrou na escola
O dia em que Miguel estava muito triste
Meus lápis de cor são só meus
Os amigos do Pedrinho
As férias de Miguel e Pedro
Pedro e o menino valentão
O monstro do quarto do Pedro

O menino que quase virou cachorro